KB142352

살아 있어야 꽃을 피운다

살아 있어야 꽃을 피운다

2024년 5월 31일   초판 1쇄 인쇄 발행

지 은 이 ㅣ 이지선
펴 낸 이 ㅣ 박종래
펴 낸 곳 ㅣ 도서출판 명성서림

등록번호 ㅣ 301-2014-013
주   소 ㅣ 04625 서울시 중구 필동로 6 (2, 3층)
대표전화 ㅣ 02)2277-2800
팩   스 ㅣ 02)2277-8945
이 메 일 ㅣ ms8944@chol.com

값 10,000원
ISBN 979-11-93543-88-7

살아 있어야
꽃을 피운다

이지선 디카시집

도서
출판 **명성서림**

차 례

3장 얼마나 힘들었니?

4장 시선이 머물다

작가의 인사말

시선이 머무는 곳에
생각이 함께하면
마음이 움직이고
영혼이 깨어나지요

분주한 일상에
한번쯤은
쉼표를 찍고
스쳐가는 것들과
대화를 시도해 보시길...

이지선 드림

1장

삶에 축복을

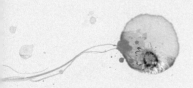

잉태

고마워
너라도
많이 해주어

태아기

좋을 때다
숨만 쉬어도 축복이라

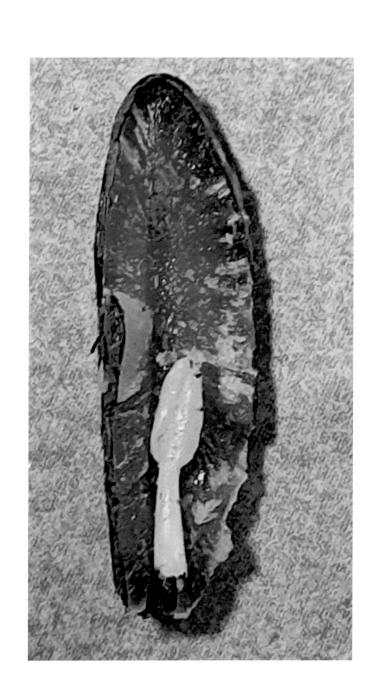

열 살에

좋을 때다
꿈만 가져도 행복할 수 있어

열여덟에

좋을 때다
세상은 좁고 가슴은 넓어서

스물넷에

좋을 때다
삶이 만만치 않다는 것을 배울 수 있어

서른둘에

좋은 때다
실패 후에도 긴 시간이 남아 있어

마흔에

좋은 때다
꽃이 져도 열매를 키울 수 있어

오십에

좋은 때다
무릎 꿇고 빌 수 있는
겸손을 배울 수 있어

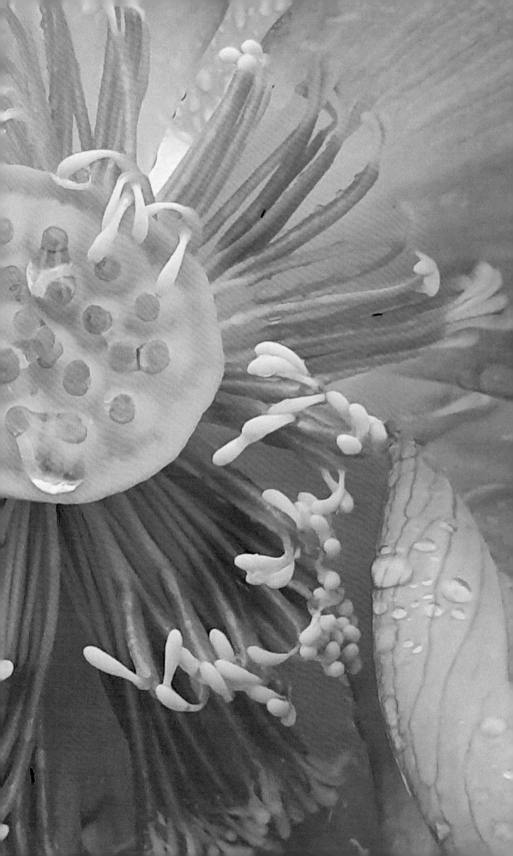

육십에

좋은 때다
눈에 보이지 않는 게
더 소중함을 알아갈 수 있어

칠십에

참 좋은 때다
본향으로 돌아갈 여행 가방을
본인이 준비할 수 있어

팔십에

참 좋은 때다
쉬어도 자신에게 부끄럽지 않아

구심에

참 좋은 때다
서바이벌 게임에
최후까지 살아남은 행운아라서

임종

할일 마치고
장엄하게 잠들다

가족

자랄 때
필 때
질 때도
함께하는 시간을 즐기는 게

익어가는 중

너도
익어가고 있구나!

가능성

지금의 너는 네가 아니야
충만한 가능성이
지금 네 모습이야

사춘기

어지럽지?

중심만 잡고 시간을 보내

2장

살아 있어야 꽃을 피운다

같이 있어

같이 있으니
우리도 무언가 된 것 같네

뭉치자

너는 참 큰 꽃이구나
아니, 아주 작은 꽃이야
너무 작아
서로 껴안고 있어

슬픔 달래기

상처로 늙은 옹이에
꽃 한 송이 올려놓으면
꽃 그릇으로 불리지

출생지

출생지가 어딘지 묻지 마
어디서든 살아내는 게
살아 있는 거야
살아 있어야 꽃을 피워내

삶

살아 있음은 기적이야
씨앗이 어디에서 음을 틔우든
삶은 죽음보다 강하지

화룡점정

네가
나한테 와 주어
특별한 꽃이 되었네

실망

꽃이 화려하다고
열매도 화려한 건 아니네!

익을때

꽃이 지면 열매를 맺고
젊음이 지면 영혼이 익지

저축

네 노후가 부러워
서리 올 때까지 쓸 수 있게
많이도 저축해 놓았네

틈

바위가 살아있는 건

틈이 있어서야

부활

시신을

그대로

내 주는 것

친구

같이 푸르렀고
같이 단풍 드는
오랜 친구가 있어
가을 색이 더 곱네!

위를 향해

위로 향하는 건
아래보다 위에
더 큰 무언가가 있어서일 게야

위기

그 와중에도
삶은 이어가고
꽃을 피우고
씨앗을 익히고
그래서 더 애잔하고

심장

누군가를 가슴에 품으면
붉은 수렁에 빠져
세상이 온통 붉은 색이지

가시

가시도
질서정연하면
꽃이 될 수 있어

태양

네가 내게 왔을 때

3장

얼마나 힘들었니?

위로

얼마나 힘들었니?
네 웃음이 화사해
마음이 아려 와

억울함

할 말이 많았구나
말은 쏟아 내는 것 보다
삼키는 게 너를 키워줘

산고

힘들지 않고 얻어지는 건
비싼 대가를 치러야 해

핏줄

밟히고 밟혀도
견디고 견디었지
푸른 생명을 지켜야 해서

양산

햇빛이 싫어
태어날 때 양산을 챙겨와
내내 그늘에서 살아야 했지

경로당

살아온 흔적을
온몸에 문신으로 새겨 와
증거로 보여주는 곳

맏이

노릇 하느라
힘들었구나

능소화

하루를 온전히 사느라

시들 시간이 없어

그대로 툭!

가을 준비

너무 애쓰지 마!
준비하느라 지쳐
가을에 앓아눕지 말고

도깨비방망이

도깨비방망이가
부러울 때 있었지
내가 방망이가 되고 보니
그 노릇도 만만치 않더라

백수의 우상

아무 데서나 집을 짓고
재택근무에
가만히 있어도
먹을 게 찾아오고

형제

동생은
형을 따라 하지만
여차하면
이길 준비를 하지

접대용

접대용 얼굴에
눈물방울이 모여
슬픔이 더 커 보이네

잔치

때때옷보다
진흙탕이 더 좋은데

경 쟁

열심히 경쟁하다 보니
더 갈 데가 없잖아

할머니

무엇이든 주고자 했던 할머니가
머리에 무엇이든 이고자 했던 건
머리가 자꾸만 비워가서일까

코로나

우리 만남은 최악이었어
이젠 헤어지고 싶어
길에서 만나도
아는 척 하지 마!

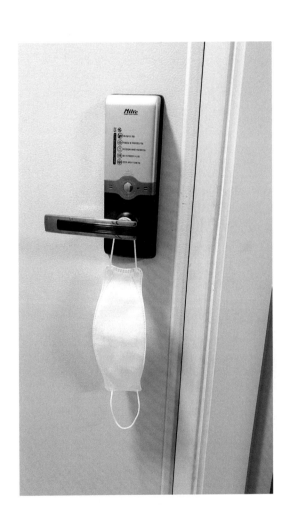

더부살이

기댈 수 있어 안심이네

생명

살아 있음은
죽음보다 위대하지
겨울이라고
모두가 움츠리는 건 아니야

4장

시선이 머물다

아름다움은

앞태 뒤태 겉과 속
감추어진 것까지 아름다운가?

천사의 연주

수호천사는
너만을 위해 연주해
영혼을 열면 들리지

환 생

생전에 기도 했어
다시 태어나면
생명을 키우는데
이 몸 바치겠다고

연등

그렇게 작은 꽃에
그렇게 큰 연등이 달리면
누군가의 염원도 이루어질 게다

조형물

공작은 공작인데
공작이 아니네

반하의 경고

긴 회초리 들고 있는 건
함부로 하지 말라는 경고야
내게 잘 대해주면
특효약을 주지
아니면 내 얼굴 봤지?

얼굴

너 보기가 부끄러워
내 얼굴을 가렸지
내 큰 얼굴에
너 닮은 게 없음이

매력

약간은 흐트려져도 괜찮아

그게 너의 매력이니까

오해

질경이는

밟아주어야만 하는 줄 알았어

그래서 꽃을 볼 수 없었던 거야

기둥

기둥이 되어주기보다
딛고만 올라가려 했네

옷감

고운 천으로
옷 한 벌 해 입고
꿈에만 오시는
임 마중 가야지

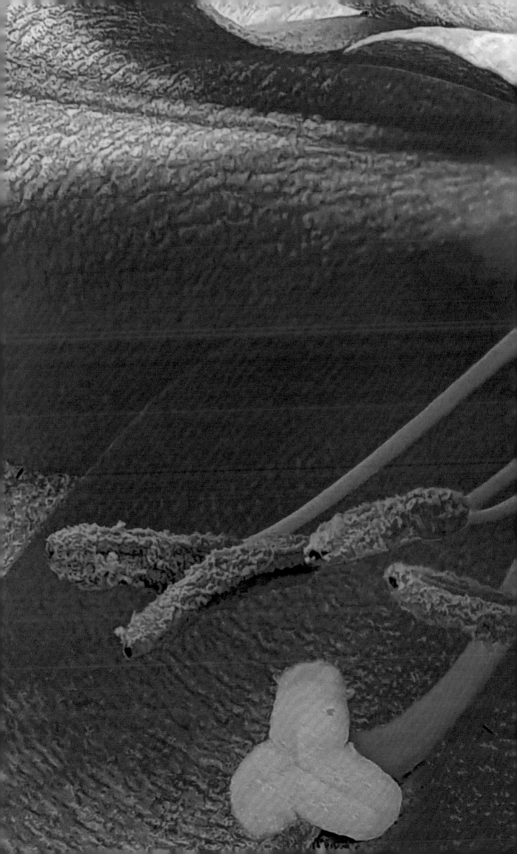

미련

아직도
무엇이 남아
온전히 버리지 못할까?

꼰대

나도 왕년엔
한가락 했지

유사품

나팔꽃과 비슷한데
뿌리로 생존하는 메꽃이거든
모르고도
아는 척하면 유사품을 사게 돼

묵언 중

입을 다물고 있는 건
할 말이 없어서가 아니야
말을 숙성하는 중이지

백의민족

무명에 물들일 수 없는 가난을
그렇게 말해 주어 고마워

모범생

한 번쯤은
벗어나도 괜찮은데
참 재미없겠다